Succession de M. A. L. ODIOT

NOTICE

DES

OBJETS D'ART

Terres cuites, Bronzes, Marbres,
Bois et Ivoires sculptés, Verreries, Faïences, Émaux, Porcelaines,
Meubles, Tableaux, Argenterie, Bijoux, Linge,
Tapis, Vins et Mobilier.

Dépendant de la succession de M. ODIOT

DONT LA VENTE AUX ENCHÈRES PUBLIQUES AURA LIEU

HOTEL DES COMMISSAIRES-PRISEURS

Rue Drouot, n° 5

GRANDE SALLE N° 5, AU 1ᵉʳ ÉTAGE

Les Lundi 16, Mardi 17, Mercredi 18 et Jeudi 19 Janvier

HEURE DE MIDI

Par le ministère de :

Mᵉˢ **DUVERGER** de **VILLENEUVE**, rue Cadet, 8.
LEVAIGNEUR, rue du Faub.-Montmartre, 10.   Cᵉˢ-Priseurs.
DELBERGUE-CORMONT, rue de Provence, 8.

Assistés de :

MM. **MANNHEIM**, rue de la Paix, 10.
DHIOS, rue Le Peletier, 31.   Experts.

CHEZ LESQUELS SE DISTRIBUE LA PRÉSENTE NOTICE.

EXPOSITION PUBLIQUE

Le Dimanche 15 Janvier 1860, de midi à 4 heures.

PARIS

RENOU ET MAULDE
IMPRIMEURS DE LA COMPAGNIE DES COMMISSAIRES-PRISEURS
rue de Rivoli, 144.

1860

EXEMPLAIRE DE DHIOS

Succession de **M. A. L. ODIOT**

NOTICE

DES

OBJETS D'ART

Terres cuites, Bronzes, Marbres,
Bois et Ivoires sculptés, Verreries, Faïences, Émaux, Porcelaines,
Meubles, Tableaux, Argenterie, Bijoux, Linge,
Tapis, Vins et Mobilier.

Dépendant de la succession de M. ODIOT

DONT LA VENTE AUX ENCHÈRES PUBLIQUES AURA LIEU

HOTEL DES COMMISSAIRES-PRISEURS

Rue Drouot, nº 5

GRANDE SALLE Nº 5, AU 1er ÉTAGE

Les Lundi 16, Mardi 17, Mercredi 18 et Jeudi 19 Janvier

HEURE DE MIDI

Par le ministère de :

M⁰ **DUVERGER de VILLENEUVE**, rue Cadet, 8.
LEVAIGNEUR, rue du Faub.-Montmartre, 10.
DELBERGUE-CORMONT, rue de Provence, 8.
  } C⁰ˢ-Priseurs.

Assistés de :

MM. **MANNHEIM**, rue de la Paix, 10.
DHIOS, rue Le Peletier, 31.
  } Experts.

CHEZ LESQUELS SE DISTRIBUE LA PRÉSENTE NOTICE.

EXPOSITION PUBLIQUE

Le Dimanche 15 Janvier 1860, de midi à 4 heures.

1860

CONDITIONS DE LA VENTE

Elle sera faite au comptant.

Les acquéreurs paieront, en sus des adjudications, cinq pour cent, applicables aux frais de vente.

ORDRE DES VACATIONS

Le Lundi 16 Janvier.

Curiosités, Objets d'Arts, Terres cuites, Bronzes d'Art, Porcelaines, Émaux, Marbres.

Le Mardi 17.

Ivoires sculptés, Bijoux des XVIe et XVIIe siècles, Vitraux, Miniatures, Tableaux.

Le Mercredi 18.

Argenterie, Bijoux, Plaqué, Linge, Garde-Robe d'homme.

Le Jeudi 19.

Batterie et Ustensiles de cuisine, Porcelaines, Verreries, Bronzes d'ameublement, Garniture de cheminée, Rideaux, Meubles, Tapis, Vins.

OBJETS D'ART ET CURIOSITÉS

Terres Cuites.

Plusieurs terres cuites, dont deux beaux groupes :
Offrande à Priape et l'Amour et Psyché, par Clodion.

Bronzes.

Groupes : Mercure et l'Amour, Apollon.
Deux beaux vases forme Médicis, et autres figures,
vases et bustes, pendules et candelabres.

Marbres.

Statues, bustes et bas-reliefs, parmi lesquels on
remarque Napoléon Ier, statue demi-nature.
Une Vénus accroupie, groupes d'enfants.
Deux beaux bustes : Cérès et Flore, et une coupe
en brèche d'Alep.

Bois et Ivoires Sculptés.

Mandarins. rochers, boîtes, bas-reliefs, christ.

Matières Précieuses.

Coupes, bustes et boîtes en agate orientale, en jade et autres.

Bijoux des xvie et xviie siècles, en filigrane d'argent repoussé et autres.

Faïences, Émaux, Verrerie
DE VENISE ET DE BOHÊME.

Plats de Bernard Palissy, assiettes et vases en faïences italiennes, émaux de Limoges, assiettes et médaillons encadrés.

Porcelaine et Biscuits de Sèvres.

Deux jolis vases en porcelaine pâte tendre, bleu turquoise, avec médaillons à roses, montés en bronze ciselé et doré au mat, époque Louis XVI.

Un grand vase en porcelaine peinte en vert monté en cuivre doré.

Assiettes, statuettes et groupes.

Porcelaines de Chine et du Japon.

Assiettes, tasses, bols, statuettes.
Deux grandes potiches en vieux Japon.
Émaux cloisonnés.

MEUBLES ANCIENS ET OBJETS DIVERS.

Belle et grande bibliothèque ancien Boule, deux meubles à hauteur d'appui en ébène et bois sculpté à dessus de marbre blanc, nombreux objets d'étagère anciens, quelques fragments d'antiquités grecques et romaines, vitraux anciens, glace de Venise, table en bois rose.

TABLEAUX

DESSINS, MINIATURES ET GRAVURES

Tableaux.

FRÈRE (Théodore).

L'Ile de Philoé (Haute-Egypte).
Deux portraits historiques.
Une vue d'Egypte.

THUILLIER.

Vue du lac d'Annecy.
Paysage avec cascades.

HORACE VERNET (D'après).

Défense de la barrière de Clichy.

BELLANGÉ (H.).

Le Passage du pont d'Arcole.
Deux scènes militaires.

SALMON.

Intérieur de basse-cour.

GENISSON.

Intérieur d'église.

ISABEY (Eugène).

Côtes de Normandie.

MACHY.

Vue de la place Louis XV lors des fêtes données par la Ville de Paris à l'occasion du mariage de Louis XVI avec Marie-Antoinette. Sur la place se trouvent le roi et la reine, entourés d'une foule immense. Charmant tableau de ce maître, remarquable par le brillant et les costumes.

DEMARNE.

Paysage avec animaux. Sous un arbre, des enfants jouent à la balançoire.

VALIN.

Bacchantes et Amours. (Deux pendants.)

FRAGONARD (ÉVARISTE).

Diane de Poitiers visitant l'atelier de Jean Goujon.

Agnès Sorel offrant son argenterie au roi Charles VII pour faire la guerre aux Anglais.

ÉCOLE FRANÇAISE.

Jeune femme, allégorie du printemps.

Quelques tableaux anciens et modernes, dessins, miniatures, portraits de Mlle de La Vallière et autres, fixés, gravures, quelques albums.

ÉCOLE HOLLANDAISE.

Patineurs.

Plaqué.

Réchauds, théière, cafetière, porte-coupes, plateaux.

ARGENTERIE.

Environ 30 kilos de belle argenterie sortant de la fabrique d'Odiot, plats, légumières, couverts, couteaux, vases, pot et cuvette.

Bijoux.

Deux montres en or à répétition, dont une de Breguet.

Chaîne de col, bague montée d'un brillant.

Epingle montée d'une opale et de onze brillants, etc.

Bronzes d'Ameublement.

Grand et beau lustre, modèle dit Mazarin ; autres plus petits, bras de cheminée, pendules, candelabres, feux, flambeaux, lampes, vases en porcelaine à médaillons montés en bronze doré, avec bouquets de lis servant de candelabres, coupes de surtout en bronze doré.

Rideaux.

Rideaux en soie jaune damassée, rideaux et portières en velours grenat, rideaux et stores en mousseline brodée.

Meubles.

Beaux meubles en marqueterie, meuble à hauteur d'appui à médaillons, meuble d'entre-deux, table de salon, table de jeu en marqueterie de bois orné de cuivre.

Meubles en acajou, palissandre et chêne sculptés, chaises et fauteuils de salle à manger en acajou sculpté recouvert en reps.

Meuble de chambre à coucher et de salon, couvert en soie et velours grenat.

Nombreux meubles divers, chaises, fauteuils, bureau à cylindre, fauteuil de bureau, bibliothèque, armoire, tables, couchette.

Deux caisses de sûreté en fer.

Literie de maître et de domestique.

Linge et Garde-Robe.

Draps, serviettes, nappes, torchons, tabliers; services de table en fil damassé et en fil uni et nombreux linge de ménage.

Habits, paletots, gilets, pantalons, chemises, mouchoirs, etc.

Tapis.

Trois beaux tapis d'appartement en moquette; descentes de lit et devants de foyer en moquette.

Porcelaines et Cristaux

Et batterie de cuisine; meubles de domestiques.

Vins.

90 bouteilles de vin de Mâcon ;
500 bouteilles de vin de Bordeaux vieux ;
2 pièces de vin de Bordeaux ;
1 1/2 pièce de vin de Chablis ;
Bouteilles vides ;
5 casiers en fer.

RENOU et MAULDE, Imprimeurs de la Compagnie des Commissaires-Priseurs.
rue de Rivoli, 144.   7213